Les Aventures de Tikoulou

Au Pays du Dodo

illustré par
Henry Koombes

VI ZA VI

ÉDITIONS

Au bout du monde, là où l'océan ne s'arrête jamais, il y a un petit coin de terre qui s'appelle l'île Maurice.

C'est une île toute verte avec des montagnes qui s'étirent vers le ciel comme des géants qui nous regardent.

C'est le Pays du Dodo, ce gros oiseau lourd et pataud qui ne sait pas voler. Moi je le trouve plutôt sympathique et j'aimerais bien le rencontrer.

Mais où donc le trouver ?

Je suis parti le chercher entre les champs de cannes, sur une route toute droite comme un grand couloir sans fenêtre.

Soudain une petite mangouste pointe le museau. Je m'approche d'elle mais ... pfft, trop tard ! Elle traverse le chemin à toute allure et disparaît dans les cannes.

Plus loin, au milieu d'une forêt d'éventails géants, je tombe nez à nez avec une famille de singes qui jouent dans les fourrés. Ils me font toutes sortes de grimaces mais ne me répondent pas.
Ils sont vraiment drôles mais pas très aimables.

Mais où est donc le dodo ?

Au village, je croise de belles dames drapées de longs saris, ces tissus de toutes les couleurs qui viennent de l'Inde.

Plus loin, les enfants sortent de l'école. Ils sont de toutes les races et de toutes les religions mais dans leurs uniformes, ils se ressemblent tous : les filles en jupe et les garçons en pantalon. Le matin, c'est pratique pour s'habiller. En chemin ils mangent des *jamblons* et leurs bouches deviennent presque aussi noires que le tableau de classe.

Mais où est donc le dodo ?

Quand j'arrive au bord de la mer il fait si chaud que je cours plonger dans le lagon. Il y a plein de coraux aux drôles de formes.

Certains ressemblent à des petits arbres et d'autres à de gros choux-fleurs.

Je croise des poissons déguisés en peaux-rouges, des poissons-trompettes au long nez et une étoile de mer grosse comme ma main avec cinq doigts qui bougent dans tous les sens.

En sortant, j'évite de justesse un vilain saucisson tout mou. C'est un bambara. Il est bien laid mais il n'est pas méchant.

Il dort toute la journée.

Près de la maison, un petit serin jaune m'observe du haut de sa branche. Je lui lance quelques miettes de pain mais trois *boulbouls* coiffés d'un drôle de chapeau noir viennent les voler.

Je jette encore un peu de pain pour mon ami, mais cette fois ce sont de gros martins piailleurs qui viennent à leur tour le picorer.

Immobile sur l'arbre, un caméléon observe la scène en silence car les caméléons ne se mêlent jamais des histoires des oiseaux. Découragé, le petit serin s'envole.

C'est difficile de se défendre quand on est petit.

Ayo ! Moi aussi j'ai faim.

Ici, toute l'année, il y a des papayes qui
poussent sur un tronc sans branches qui file
tout droit vers le ciel.

Moi, j'adore la chair dorée des mangues. Le jus me coule
entre les lèvres et je me retrouve tout barbouillé de gourmandise.

J'aime aussi les attes toutes gorgées de crème blanche, et
les caramboles qu'on coupe en tranches pour en faire des petites
étoiles jaunes.

Et puis il y a les grenadines ou fruits de la passion. Il faut attendre
qu'elles soient bien ridées pour être vraiment sucrées.

Mais où est donc le dodo ?

Dans ma chambre, il y a deux geckos sur le mur. Ils sont presque transparents et font tchik tchik pour se parler. Ils mangent les moustiques et courent au plafond sans tomber grâce aux ventouses qu'ils ont sous les pattes. Je les préfère aux gros cancrelats qui volent parfois et me font un peu peur.

Soudain, un petit crapaud s'aventure dans la maison. Il a dû s'égarer car d'habitude il se promène autour du bassin avec ses camarades.

La nuit ils chantent tous ensemble très fort. Si je m'approche, chut, plus rien, tout le monde dort, mais si je m'éloigne, crr crr, le concert reprend ...

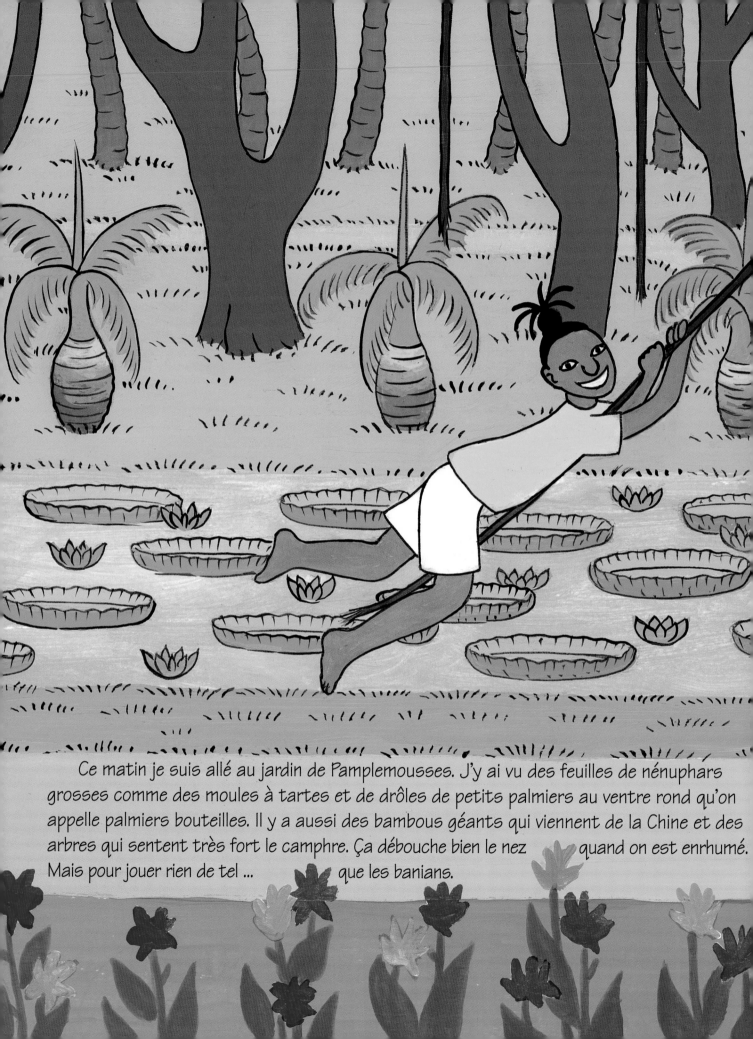

Ce matin je suis allé au jardin de Pamplemousses. J'y ai vu des feuilles de nénuphars grosses comme des moules à tartes et de drôles de petits palmiers au ventre rond qu'on appelle palmiers bouteilles. Il y a aussi des bambous géants qui viennent de la Chine et des arbres qui sentent très fort le camphre. Ça débouche bien le nez quand on est enrhumé. Mais pour jouer rien de tel ... que les banians.

Ils ont de longs cheveux épais qui descendent jusqu'à terre. On attrape une grosse mèche, on la serre très fort et hop ! on s'élance en l'air en criant ... aihaihiiiahh !!!!!!

Au Pays du Dodo, il y a des fleurs toute l'année.

Certaines ont des noms bizarres comme les pinces de crabe ou les queues de chat.
Il y a aussi les vieilles filles qui piquent la joue et ne se mélangent pas aux vieux garçons.
Les oiseaux du paradis, eux, se tiennent toujours bien droits. Ils ouvrent de grandes ailes
colorées comme des arcs-en-ciel mais ne s'envolent jamais.

Le soir, je ramasse les fleurs du frangipanier.
Elles sentent bon comme le parfum des dames.

Mais où est donc le dodo ?

Au bazar il y a des marchands qui vendent des chipek et des petites crêpes salées, les *dholls pooris*, et aussi des gâteaux aux noms rigolos : *poutous, moutailles, ladoo, macatia coco...*

Finalement je me décide pour les *calamindas*, ce sont de grosses barbes-à-papa pleines de sucre qui collent aux doigts et donnent très soif.

Après, je bois un grand verre d'*alouda*, c'est frais et ça mousse avec plein de *tocs maria*, ces drôles de petites graines noires qui gonflent quand on les jette dans le lait.

Aux quatre coins de l'île, j'ai cherché le Dodo : à Bambous, Poudre d'Or et même Fond du Sac.

A Trou aux Biches, je n'ai vu ni biche, ni Dodo et à l'Ile aux Cerfs, pas plus de cerfs, que de Dodo. J'ai traversé Deux Frères et Quatres Sœurs mais je n'ai rencontré personne.

Quand j'arrive enfin à Rivière des Anguilles, les crocodiles font la sieste. Je prends bien garde de ne pas les réveiller car leurs dents sont longues et très pointues.

Mais où est donc le dodo ?

Un peu découragé, je m'arrête sur la plage de Pomponette.

Je m'allonge dans le sable à l'ombre d'un petit nuage, et j'écoute la mer qui se tortille au loin dans un gros bouillon d'écume. Elle a l'air très en colère, et ce n'est pas le moment de la déranger.

Quelques touristes se promènent, c'est facile de les reconnaître : ils ont de grandes chemises à fleurs et sont tout rouges sous leur casquette.

Les pêcheurs, eux, sont partis très tôt le matin dans leur pirogue, ils connaissent les vagues et savent leur parler.

J'ai réfléchi et j'ai bien cherché dans toute ma tête. Et je me suis dit que si le Dodo est introuvable, c'est sûrement parce qu'il ne veut pas qu'on le trouve.

Et s'il ne veut pas qu'on le trouve, c'est peut-être parce que les hommes ont été méchants avec lui.

Alors j'ai compris que le Dodo était bien plus malin que nous et qu'il était parti se cacher dans le vrai Pays du Dodo.

J'ai fermé les yeux et j'ai rêvé que je partais le rejoindre sur son petit coin de terre au bout du monde, là où l'océan ne s'arrête jamais...

Dans la même collection

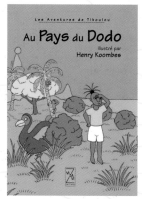

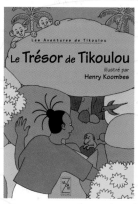

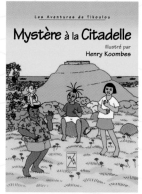

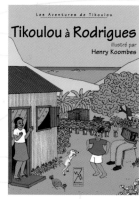

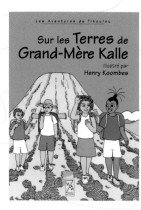

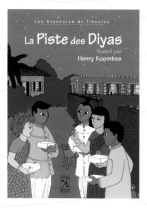

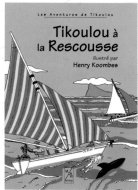

Glossaire :

. Pootoo / putu : Petit pudding de riz saupoudré de noix de coco râpée
. Moutaye / mutay : Friandise très sucrée en forme de tortillon
. Ladoo / ladu : Petite boule à base de farine de pois chiches, d'amandes et de sucre
. Macatia coco : Petit pain rond à la noix de coco